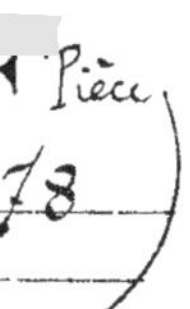



# FRANCESCO-P. GAROFALO

PROFESSEUR A L'ÉCOLE DES ÉTUDES SUPÉRIEURES DE MADRID

# LES
# « NÓMOI » DE DRACON

Traduit par M. Jules VALERY

PROFESSEUR A LA FACULTÉ DE DROIT DE L'UNIVERSITÉ
DE MONTPELLIER

## PARIS

ANCIENNE LIBRAIRIE THORIN ET FILS

**ALBERT FONTEMOING, EDITEUR**

Libraire des Écoles françaises d'Athènes et de Rome,
du Collège de France et de l'Ecole Normale Supérieure

**4, RUE LE GOFF, 4**

1901

FRANCESCO-P. GAROFALO

PROFESSEUR A L'ÉCOLE DES ÉTUDES SUPÉRIEURES DE MADRID

# LES

# « NÓMOI » DE DRACON

Traduit par M. Jules VALERY

PROFESSEUR A LA FACULTÉ DE DROIT DE L'UNIVERSITÉ
DE MONTPELLIER

PARIS

ANCIENNE LIBRAIRIE THORIN ET FILS

**ALBERT FONTEMOING, EDITEUR**

Libraire des Écoles françaises d'Athènes et de Rome,
du Collège de France et de l'École Normale Supérieure

**4, RUE LE GOFF, 4**

1901

Extrait de la *Revue générale du droit.*

TOULOUSE. — IMPRIMERIE A. CHAUVIN ET FILS, RUE DES SALENQUES, 28.

Édouard BEAUDOUIN

# LES « NÓMOI » DE DRACON

Les premiers renseignements relatifs à Dracon et à son œuvre nous sont fournis par des auteurs appartenant à la fin du cinquième siècle avant J.-C. A coup sûr, ce qu'ils savaient à son égard et au sujet de son activité législative leur avait été transmis d'une époque assez éloignée. Le souvenir d'un Dracon législateur ne s'était jamais éteint; mais il était déjà bien affaibli, puisque Hérodote, si bien informé des antiques traditions d'Athènes, ne fait aucune mention de ce personnage, bien qu'il ait eu l'occasion d'en parler (1). Quant au fait que Antiphon n'a rien dit de Dracon dans ses Φονικοὶ λόγοι (2), alors que l'occasion, pour ne pas dire la nécessité de s'en occuper, s'offrait à lui, démontre bien moins que ce nom fut peu connu par le peuple que l'ignorance de l'orateur qui, tout en connaissant le nom de Dracon, ne savait pas qu'il fût l'auteur des Νόμοι φονικοί. Autrement, en effet, il n'aurait pas manqué de rappeler à ses auditeurs, en l'amplifiant, le souvenir traditionnel de Dracon, quelque affaibli qu'il pût être. Il faut donc que jusqu'à cette époque l'on ait ignoré que Dracon était l'auteur des lois criminelles encore en vigueur.

Dans un fragment de Cratinus (qui remonte à l'année 421 environ), il est fait allusion aux lois de Dracon et à des lois de Solon sur des κύρβεις qui, bien qu'elles fussent désormais sans valeur, étaient pourtant acceptées littéralement. Il est probable qu'en réalité ces κύρβεις n'existaient pas ou plutôt que le poète, n'en ayant jamais eu connaissance, unit dans sa pensée Dracon, Solon et leurs lois, et parle à la fois et des κύρβεις de Solon, dont l'existence est certaine, et de celles de Dracon. Mais il résulte, en tout cas, de ce passage que l'on savait qu'il y avait

---

(1) Quant au silence de Thucydide, il n'a rien de surprenant (Ziehen, *Die drakontische Gesetzgebung*, in *Rhein. Museum*, N. F., LIV, 3, p. 324, n. 1).

(2) On sait que les quinze discours qui nous sont parvenus sous le nom de cet auteur ne sont pas tous authentiques (cf. Thalheim dans Pauly-Wissowa, *Real Encyclop.*, I, 2527 et suiv.).

eu avant Solon un législateur du nom de Dracon, et qu'on le savait grâce à la tradition (1). La tradition ajoutait encore qu'il fallait attribuer à ce législateur des lois qui *n'étaient plus en vigueur*, et que probablement l'on ne conservait même plus parmi les documents publics (2). Mais il ne semble pas que l'on eût aucun autre renseignement à leur égard.

Vers la fin du cinquième siècle, il fut décidé, par un vote populaire de l'année 409-408, de porter à la connaissance du public, et cela naturellement pour l'usage à en faire en justice, certaines dispositions criminelles portant le nom de Dracon et qui furent affichées, en conséquence, dans la Στοά βασίλειος. Ces lois étaient réellement anciennes puisque, exception faite pour les modifications résultant du progrès des mœurs et des idées, le droit criminel du cinquième siècle remontait à une époque antérieure. Mais c'étaient des règles présentées autant que possible sous leur formule antique et attribuées principalement à Dracon : « Τὸν Δράκοντος νόμον τὸμ περὶ τοῦ φόνου (3) ».

Il n'est pas douteux que cette rédaction de lois, attribuées à tort ou à raison à Dracon, se relie au mouvement général législatif qui se manifesta dans les dernières années de ce siècle (4). On sait, en effet, qu'une commission fut chargée, en l'an 410, de faire une compilation et une sélection des lois de Solon et, par conséquent, des lois de Dracon. C'était une commission de συγγραφεῖς τῶν νόμων (5), dont faisait partie sans doute

---

(1) Voy. U. von Wilamowitz-Möllendorff, *Aristoteles u. Athen*, I, p. 58.

(2) Elles ne pouvaient pas se trouver exposées publiquement sous la forme d'une inscription gravée sur une pierre, ni dans la Στοά βασίλειος, ni dans le Prytanée, comme les Ἄξονες de Solon, car autrement l'on ne comprendrait pas que la tradition relative à ce législateur se fût si obscurcie. Au cours de l'année 409-408, on exposa dans la Στοά une rédaction nouvelle d'une prétendue loi de Dracon.

(3) *C. I. A.*, I, 61. Michel, *Recueil d'inscriptions grecques*, n° 78 ; Dareste, Haussoullier et Reinach, *Recueil des inscriptions jur. grecques*, série II, fasc. I, p. 1 et suiv.; Dittenberger, *Sylloge*, I², 52. — Il est inutile d'opposer l'expression « la loi de Dracon » avec cette autre « l'antique loi de Dracon, » puisqu'il ne saurait y avoir de différences entre elles.

(4) Cf. Ed. Meyer, *Forschungen zur alten Geschichte*, II, 1899, p. 116.

(5) A comparer avec les dix Συγγραφεῖς αὐτοκράτορες qui peu de temps auparavant, au moment du coup de main oligarchique, avaient été chargés de proposer une nouvelle constitution. — A côté des συγγραφεῖς, il y avait les ἀναγραφεῖς, commis à la transcription et à la publication des lois (*C. I. A.*, v. 6).

ce Xénophane dont le nom est mentionné dans le plébiscite de
409-408 (1).

Il est certain également qu'il existe un rapport entre ce fait
et la situation politique de l'époque. Les divers partis qui
existaient à Athènes s'efforçaient, à la suite de la fâcheuse ex-
périence qu'on venait de faire de la démocratie à outrance, de
rétablir la πάτρια πολιτεία que certains voyaient dans la Constitution de Clisthène, d'autres dans celle de Solon, d'autres encore
dans celle de Dracon. Ce dernier parti qui, à un moment
donné, en 411, l'emporta, était celui de l'oligarchie. L'agitation
à laquelle il se livra contribua certainement à faire revivre et
à rehausser la renommée du législateur antérieur à Solon, que
l'on considérait donc et que l'on représentait comme ayant eu
des tendances moins démocratiques ou, en tout cas, d'un caractère démocratique plus tempéré (2). Aussi la publication des
lois pénales dont on lui attribuait la paternité fut provoquée
bien moins par des considérations historiques et archéologiques
que par un désir et un besoin général engendrés par le réveil
des souvenirs du temps passé que les récentes agitations politiques avaient amené.

En outre de cette loi criminelle dont nous venons de parler,
on possède une constitution qui porte également le nom de
Dracon et qui est elle aussi, comme nous le verrons, en rapport avec la situation politique à laquelle il a été fait allusion
plus haut, car elle correspond à bien des égards avec le pro-
gramme oligarchique. Cette πολιτεία, qu'elle fût fondée ou non
sur des données d'une époque antérieure, fut attribuée à
Dracon à peu près au moment où l'on procéda à la nouvelle
rédaction des lois sùr le φόνος.

Dès lors on commença à s'intéresser plus vivement à Dracon.
En effet, on le voit mentionné à maintes reprises par les auteurs du quatrième siècle, spécialement par Démosthène, lorsqu'ils s'occupent de lois pénales. On fut ainsi amené à lui at-

_________

(1) *C. I. A.*, I, 61, v. 4; Dittenberger, *op. cit*, note 3.

(2) Est-ce à cette époque qu'a trait le fragment d'une lettre d'Alciphron,
ainsi que le croit Ziehen, *op. cit.*, p. 333, plutôt qu'au quatrième siècle? Il est
difficile de le dire, car il n'est pas prouvé que cet auteur ait puisé à d'autres
sources que la comédie nouvelle.

tribuer plusieurs lois (1), parmi lesquelles il en est que tout le monde s'accorde aujourd'hui à considérer comme lui étant étrangères (2). Quant à nous, nous allons encore plus loin, et nous leur contestons d'une manière absolue cette attribution en les tenant toutes pour médiocrement anciennes, puisque la tradition antérieure est muette à leur égard et que, comme on l'a vu, il n'est question de κύρϐεις draconiennes qu'à partir de 409-408 (à supposer, bien entendu, qu'il n'existât aucune autre forme de tradition écrite).

Nous négligerons donc ces lois pour consacrer notre étude tant aux lois criminelles qu'à la constitution politique qui, à partir de la fin du cinquième siècle, sont attribuées à Dracon.

I

La Πολιτεία n'est mentionnée que par Aristote qui, dans son Ἀθην. πολιτεία, § 4, se réfère expressément à une constitution nouvelle de Dracon (3), et par un autre auteur plus récent et dépourvu de tout crédit, [Plat.] Axioch., 365 (4).

Le passage d'Aristote, déjà suspect et à raison de sa contexture, car il ne fait allusion à Dracon que d'une manière indirecte, et à raison des contradictions et des anachronismes assez nombreux qu'on y relève (5), constitue une addition qui s'harmonise mal avec le reste de l'exposition à laquelle l'auteur se livre (6). Or, si l'on tient compte des ressemblances évidentes qui existent entre cette prétendue constitution et les aspirations du parti oligarchique durant les dernières années de la guerre du Péloponnèse (7), on est amené à penser que ce renseigne-

---

(1) Une loi, par exemple, sur l'éducation de la jeunesse (Eschine, *Timarque*, § 6).

(2) Ziehen, art. cité, p. 333.

(3) Il n'y a pas de raison pour croire que ce passage ait été interpolé.

(4) Il y est question des véritables et authentiques Πολιτεῖαι de Dracon et de Clisthène. — Cpr. Dareste, *La science du droit en Grèce*, p. 167 et suiv.

(5) Cf. en particulier Busolt, *Griech. Gesch.*, II², 39 et suiv.; G. de Sanctis, *Storia della repubblica Ateniese*, p. 164; Pöhlmann, *Grundriss d. griech. Gesch.*, p. 63 et suiv. Fränkel, *Rhein. Museum*, N. Sér. XLVII, p. 473 et suiv. Thalheim, *Hermès*, XXIX, 458 et suiv., etc.

(6) Wilamowitz, *op. cit.*, I, 57 et suiv.

(7) Voy. notamment Busolt, *op. cit.*, p. 38, 225, etc.; Wilamowitz, I, p. 77 et suiv.

ment doit avoir eu sa source dans un écrit inspiré par quelque *club* oligarchique, aux environs des années 411 à 408, mais non dans l'Attide (1).

La constitution idéale, répondant à une démocratie tempérée (2), à l'établissement de laquelle la faction de Critias, de Théramène et de leurs partisans, visait ou prétendait viser, fut présentée comme la πάτριος πολιτεία (3), antérieure à Solon, qu'il fallait remettre en vigueur, et on l'attribua à Dracon parce que c'était le seul législateur que l'on connût comme ayant appartenu à cette époque reculée.

Il nous est impossible de croire cependant que tout ait été inventé de fond en comble dans cette œuvre de reconstitution, malgré l'esprit de parti qui l'a engendrée. Il faut y reconnaître des éléments anciens, remontant probablement à la période antérieure à Solon, tels que la βουλή des 401 qui n'est pas identique à celle, due à Solon, des 400 (4).

Ce n'est point que nous prétendions que Dracon ait été effectivement l'auteur d'une constitution (5). Mais la tradition qui lui attribuait la codification du droit commun, n'exclut point forcément qu'il ait pu introduire aussi des innovations politiques (6), ou, tout au moins, codifier, même sans en modifier la substance, les coutumes politiques de son temps (7). C'est

---

(1) Aristote, *Polit.*, II, 12, 9, 1274 *b*; Plutarque, *Solon*, 17. Telle est l'opinion de presque tous les auteurs récents. Pourtant, Meyer, *Forschungen zur alt. Gesch.*, II, 439, attribue comme source l'orateur Androtion (?).

(2) Cette constitution ne fut pas cependant appliquée, au moins dans ses éléments essentiels, lorsque, en 411, la faction oligarchique occupa le pouvoir pendant quelque temps et que les 400 s'emparèrent du gouvernement en prétendant faire régner une démocratie tempérée. Voir à ce sujet le chapitre si intéressant où E. Meyer (*op. cit.*, p. 406 et suiv.) étudie tout le procès de cette révolution des 400 et démontre que le récit véritable s'en trouve dans Thucydide et non dans l''Αθηναία Πολιτεία.

(3) Cpr. Wilamowitz, t. II, ch. IV.

(4) Wilamowitz, t. I, p. 88, n. 25. — Cpr. Fustel de Coulanges, *Dictionnaire des antiquités grecques et romaines*, v° *Attica respublica*, p. 534.

(5) C'est, cependant, ce que croient de nombreux auteurs. Cpr. Schœmann-Lipsius, *Griech. Alterthümer*, 1⁴, p. 330, n. 1, ainsi que la dissertation récente de J. Hofmann, *Studien zur drakontisch. Verfassung*, Straubing, 1899.

(6) Que l'on se rappelle les caractères de l'œuvre accomplie à Rome par les décemvirs.

(7) Le passage déjà cité de la *Politique* d'Aristote, passage qu'il n'y a pas de raison de suspecter d'interpolation (Cpr. F. Susemihl, *Jahrbücher f. cl. Philolog.*, XLII, 1896, p. 258 et suiv.), en disant que Dracon fit des νόμοι sur le

***

même là-dessus que se sont fondés ceux qui ont attribué au législateur légendaire une πολιτεία contenant assurément des éléments d'origine récente, mais en renfermant aussi d'incontestablement anciens, empruntés à l'antique constitution oligarchique antérieure à Solon.

Ainsi donc la croyance à une πολιτεία de Dracon, non pas créée par lui (comme voulaient le faire accroire les oligarques de la fin du cinquième siècle), mais simplement recueillie et conservée dans ses νόμοι, doit être rattachée à une tradition ancienne. Par là cette tradition attribuait à Dracon une activité législative dont l'ampleur s'étendait à toutes les branches du droit. Mais pour pouvoir la concilier avec le fait qu'on ne connaissait de son œuvre que des lois criminelles, et encore par fragments, il fallut admettre que toutes les autres lois avaient été abolies par Solon (1). Aussi tout ceci n'a-t-il pour nous qu'une valeur purement traditionnelle.


## II


Nous n'avons maintenant qu'à examiner les νόμοι φονικοί que l'on présume avoir été dus à Dracon, et spécialement le νόμος qui nous a été conservé par les écrivains du cinquième siècle. C'est la loi περί τοῦ φόνου qui fut publiée, comme nous l'avons dit plus haut, en 409-408, en vertu d'une décision de la Βουλή et du Δῆμος d'Athènes (2).

Il nous en est parvenu le πρῶτος ἄξων. Seulement on ne voulut publier qu'une seule des Tables de la loi désignées par le nom de Dracon (3) (car il est difficile de croire qu'il s'en trouvât une seconde dans la dernière partie ou bien dans la partie ou

---

fondement de la Πολιτεία alors en vigueur, indique bien qu'il ne créa pas une constitution nouvelle, mais n'exclut pas que la Πολιτεία elle-même eût été insérée dans ses lois. Pourtant, suivant la tradition, il se serait occupé de la réforme générale de l'Etat.

(1) Sic l'*Attide* suivie par Aristote, *Pol.*, *loc. cit.* (voir l''Αθ. Πολ., VII); Plutarque, *Solon*, 17.

(2) Cpr. Gilbert, *Beitrage zur Entwickelung des griech. Gerichtsverfahrens und des griech. Rechtes* (Jahrbücher f. cl. Philolog., 1896, XXII, Suppl., p. 485).

(3) L''Αξων doit se référer, non pas aux 'Αξονες de Solon, mais à ceux qui portaient le nom de Dracon (Voy. Dareste, *Recueil*, p. 9; Ziehen, *loc. cit.*, p. 329, n. 2, *in fine*).

manquent 48 lignes), et l'on ne publia pas une partie qui devait avoir fait l'objet d'une publication antérieure, à savoir celle qui concernait le φόνος ἐκ προνοίας (puisque la Table qui nous reste commence par les mots καὶ ἐὰμ μή ἐκ προνοίας). En effet, l'on n'en avait pas besoin à ce moment, non point parce que les dispositions n'étaient plus en vigueur, mais probablement, au contraire, parce qu'elles ne présentaient aucune différence sensible avec le droit régnant à la fin du cinquième siècle.

L'inscription nous est parvenue dans un état lamentable, mais elle a pu être reconstituée, avec une sûreté sur bien des points absolue grâce aux œuvres des orateurs athéniens et, en particulier, de Démosthène.

Elle traite :

Dans son premier paragraphe, de la manière dont l'inculpé sera poursuivi et jugé en cas d'homicide non prémédité ;

Dans le second, de la transaction (αἴδεσις) entre l'auteur du délit et les parents de la victime ;

Dans le troisième, de l'extension rétroactive de cette sorte de θεσμός aux délits de ce genre commis antérieurement ;

Dans le quatrième, de l'accusation portée par la famille ;

Dans le sixième et le septième, des garanties établies en faveur de l'ἀνδροφόνος ;

Dans le neuvième, des garanties dont jouissaient les esclaves (?) ;

Dans le dixième, de l'homicide justifié par la défense légitime (1).

Le cinquième paragraphe est absolument incertain. La portée du huitième est douteuse, mais il semble bien qu'il vise un ou plusieurs cas d'homicide non prémédité ou involontaire et qu'il se réfère aux dispositions du § 1, en ce qui concerne les attributions des βασιλεῖς et des ἐφέται.

Les plus intéressants sont les quatre premiers (2). Exception faite pour le troisième, qui contient une disposition transitoire pour οἱ πρότερον κτέναντες, le premier et le quatrième concernent l'accusation et l'interdiction que les parents du défunt (3) ont

----

(1) Ce passage fait allusion aussi au vol (Xénophon, *Economique*, XIV, 4 et 5).

(2) Cpr. R. Dareste, *La science du droit en Grèce*, p. 88 et suiv.

(3) Les parents, en cas de πρόρρησις, étaient : a) le père, les fils, les frères,

le droit de porter et prononcer (διώκειν, προειπεῖν) contre l'auteur
de l'homicide. L'accusé (1) était soumis à une procédure
instruite et dirigée (δικάζειν) par les βασιλεῖς et jugé par les ἐφέται
(διαγνῶναι).

Le second paragraphe est relatif à l'αἴδεσις consécutive qu'ont
le droit de consentir les parents les plus proches, et, à défaut
d'eux, les autres jusqu'au degré de cousin, et, s'il n'y a pas
de parents à ce degré, dix φράτερες choisis par les ἐφέται (2).

Toutes ces dispositions ont trait à l'homicide non intentionnel et aucune d'elles ne vise l'homicide ἐκ προνοίας; tout au plus,
lorsqu'il est fait usage de l'expression générique, comme dans
le § 4, s'applique-t-elle au cas particulier du φόνος μὴ ἐκ προνοίας.
En effet, dans le § 1 il est dit que les magistrats doivent s'occuper du φόνος (c'est-à-dire des causes ou, peut-être mieux, de
l'auteur du φόνος) (3). Si une accusation a été portée, ils doivent
aussi s'inquiéter de la βούλευσις, c'est-à-dire « ἒ ἐάν τις αἰτιᾶται ὡς
βουλεύσαντα », comme il convient de suppléer, car il vaut mieux
donner à βουλεύειν la signification technique et juridique, avec
laquelle ce mot est employé par les auteurs (4), de meurtre

les oncles ; b) concurremment les cousins et les autres parents; c) les φράτερες.
— En cas de αἴδεσις, c'étaient : a) le père, les fils et les frères; b) à défaut, les
oncles, les beaux-frères et les gendres, ainsi que les cousins; c) à défaut, les
φράτερες. Dans les deux cas, les cousins sont rangés dans la deuxième caté-
gorie, et, pour ce motif encore, le mot ἐντός de la ligne 21 doit s'entendre
dans le sens de « exclusivement. »

(1) L'expression φεύγειν peut se référer, non point à une peine (l'exil), mais,
comme c'est fréquent dans le langage juridique récent, au fait d'être accusé
(= in jus vocari). Alors la marche des phases successives du procès criminel
apparait bien plus clairement. Il est notable que pour l'auteur d'un φόνος
ἀκούσιος il faudrait dire, non pas φεύγων, mais ἐξεληλυθώς (Voir Leist, Græco-
ital. Rechtsgeschichte, 1884; p. 326, note g).

(2) Voir la note 3 de la page précédente.

(3) En effet, à la ligne 12, on peut suppléer même αἰτίου φόνου. Rien ne s'y
oppose, puisque les mots αἴτιος φόνου de la ligne 27 signifient, comme ici,
« cause, auteur. » Dans ce dernier passage, une distinction est établie entre le
fait d'avoir tué directement de sa propre main et celui d'être cause, de toute
autre façon, de la mort, parce qu'il s'agit ici d'homicide voulu et prémédité.
Au contraire, au § 1er, il n'est question que du φόνος non prémédité et involontaire, et, par conséquent, que d'un seul cas, celui où l'on est l'auteur d'un
homicide directement et sans aucune spécification.

(4) Voir spécialement Andocides, De myster., 94. Cf. Dareste, Recueil,
p. 16 et suiv.

commis par un moyen quelconque, mais non pas directement,
de la main même de son auteur (1).

Ce passage du premier paragraphe oppose donc l'homicide
non prémédité (κτείνειν), commis directement et personnellement
par la personne à qui il est imputable, à celui qui a été commis
de toute autre façon (βουλεύειν).

Il est permis de croire qu'il y avait là deux éléments du
même fait, c'est-à-dire de l'homicide non prémédité, deux as-
pects de la même conception juridique, à savoir le φόνος direct
et la βούλευσις (2). Il n'y a, en effet, aucune subtilité ni aucune
impossibilité à admettre qu'il existait une βούλευσις du φόνος ἐκ
προνοίας aussi bien qu'une βούλευσις du φόνος μὴ προνοίας, variétés qui,
en droit tout au moins, étaient considérées comme tout aussi
graves que le φόνος direct (3). Voilà pourquoi la βούλευσις spéciale
au φόνος non prémédité bénéficiait elle aussi de l'αἴδεσις, car
dans ces mots de la loi (l. 16-18) « ἄκοντα κτεῖναι » il faut com-
prendre aussi la βούλευσις relative.

Le paragraphe second, relatif à la compensation, a uniquement rapport, comme il le déclare expressément, au cas d'homicide jugé ἄκων. Cet homicide non prémédité n'est pas dis-
tingué bien nettement de l'homicide involontaire. Ce n'est que
plus tard, lorsqu'on se préoccupa de la distinction, qu'on en-
visagea avec plus d'attention cette dernière variété de φόνος (4).

Cette faveur de l'αἴδεσις (§ 3) fut étendue aux homicides anté-
rieurs, mais rien qu'à ceux qui n'avaient pas été prémédités ;
il eût été impossible et absurde, en effet, d'en faire jouir tous
les φόνοι indistinctement.

Enfin, les paragraphes 6 et 7 ont pour objet, il est vrai, un
cas d'homicide (commis soit par l'inculpé lui-même, soit indi-
rectement) avec préméditation (5). Mais ce cas se rapproche
tellement de celui où l'homicide n'a pas été prémédité, il lui

_____

(1) C'est un sens plus large que celui d'instigation (Cf. Dareste, *op. cit.*,
p. 17, n. 3).

(2) De même, dans le § 6, on trouve encore deux formes d'un même fait, de
l'homicide prémédité (Cpr. Dareste, *Recueil*, p. 17).

(3) Comme on le sait pour le φόνος prémédité (Andocides, *op. cit.*, 94) et
comme on le peut dire aussi pour l'autre.

(4) Voy. Démosthène, *Plaidoyer c. Mid.*, 43. 44.

(5) Cf. Dareste, *Recueil*, p. 17.

ressemble tellement, qu'il rentre dans cette hypothèse d'une
manière toute naturelle.

III

La connaissance des délits dont il vient d'être question appartenait aux βασιλεῖς et aux ἐφέται.

Les premiers étaient chargés de la fonction désignée par
l'expression δικάζειν qui signifiait, dans la langue ancienne, instruire le procès, y présider (1).

Aux seconds revenait le soin de διαγνῶναι, c'est-à-dire juger,
décider.

Les βασιλεῖς ne peuvent être l'archonte βασιλεύς uniquement;
ils ne doivent pas probablement présenter de différences avec
les βασιλεῖς mentionnés dans la loi d'amnistie de Solon (Plutarque, *Solon*, 19; cpr. le ψήφισμα de Patrocle dans Andocides, *De
myster.*, 78). Il est très vraisemblable que ce sont les quatre
φυλοβασιλεῖς (2), qui jusque vers la fin du cinquième siècle nous
sont représentés comme ayant rempli des fonctions judiciaires
au Prytanée avec l'archonte-roi (3).

Il faut noter, toutefois, que les βασιλεῖς de l'ἄξων draconien ne
constituaient pas un tribunal; leur rôle consistait à instruire
et à diriger la procédure et à déterminer quel tribunal devait
être chargé de juger l'acte incriminé. Ils présidaient aussi les
tribunaux, celui des ἐφέται de même que les autres.

(1) A une époque plus récente, elle prit le sens de « juger. » C'est dans ce
sens que Démosthène, par exemple, l'a employée (*C. Aristocrate*, 22) à propos
de la compétence de la βουλή aréopagique. Il ne faut point négliger de distin-
guer ces deux sens suivant les époques, et, par conséquent, il n'est pas possible de considérer la loi en question comme postérieure à la loi de Dracon et
encore moins à Solon, car dans la loi d'amnistie de ce dernier législateur le
mot δικάζειν revêt sa signification récente.

(2) Aristote, *Politique*, VI, 8, p. 1322ᵇ. Cpr. Dittenberger, *Sylloge*, II², 616,
v. 22 α. — Cpr. aussi *R.-Encyclop.* Pauly-Wissowa, s. v. βασιλεύς, III, 76 et
suiv.

(3) Aristote, 'Αθ. πολ., LVII, 4; Démosthène, *Plaidoyer contre Aristocrate*,
76, etc. Cpr. spécialement Dareste, *Recueil*, p. 12 et suiv. — Ce tribunal du
Prytanée, qui existait au quatrième siècle, correspondrait, suivant de nombreux auteurs, à celui de l'époque antérieure à Solon (Voy. Keil, *Die solon.
Verfassung*, 1892, p. 109 et suiv.). L'opinion contraire est soutenue par Busolt,
*Griech. Geschichte*, II², 159 et suiv.; mais il s'appuie sur une donnée erronée,
à savoir que ce tribunal se serait occupé des accusations de tyrannie.

Il ne sera pas hors de propos d'appeler l'attention, à ce sujet, sur la loi précitée de Solon relativement à l'amnistie dont furent exclus ὅσοι ἐξ Ἀρείου πάγου ἢ ὅσοι ἐκ τῶν ἐφετῶν ἢ ἐκ πρυτανείου καταδικασθέντες ὑπὸ τῶν βασιλέων... Il semble résulter de ce passage que les βασιλεῖς doivent être rattachés, non pas uniquement au Prytanée, mais d'une manière générale aux trois tribunaux, car son sens apparent est que l'amnistie ne s'étendait pas aux condamnés qui avaient été jugés par l'un des trois tribunaux à la présidence de chacun desquels étaient placés les βασιλεῖς (1).

La compétence du collège des ἐφέται (des 51 anciens) (2) portait sur l'homicide non prémédité (§ 1 combiné avec le § 8) (3) et à tout ce qui pouvait s'y rattacher (pour l'αἴδεσις, voir le § 2), ainsi que le cas de meurtre de celui qui avait commis un homicide non prémédité (§ 6). Ce tribunal jugeait la βούλευσις relative à l'homicide μὴ ἐκ προνοίας dont il est question, à notre avis, dans le paragraphe 1. Pour ce qui est de l'autre genre de βούλευσις, rien n'empêche d'admettre qu'elle rentrait, de même que l'homicide prémédité, dans la compétence de l'Aréopage (4). Même en admettant que le mot βούλευσις est pris, dans le paragraphe 1, avec un sens général et comprend donc l'assassinat prémédité lui-même, il ne s'ensuit pas nécessairement que cette βούλευσις rentrât exclusivement dans la compétence des éphètes. C'était aux βασιλεῖς qu'il incombait de déterminer, pour chaque affaire, par qui elle devait être jugée et d'en saisir les ἐφέται lorsqu'il s'agissait d'un homicide non prémédité (voir aussi le § 2).

Plus tard on voit les attributions des éphètes étendues à d'autres cas. C'est à eux qu'appartenait anciennement la juridiction sur les homicides impunis à laquelle il est fait allusion dans l'ἄξων de Dracon. Mais cette compétence paraît ne leur

---

(1) Peut-être à une époque plus tardive les βασιλεῖς ou φυλοβασιλεῖς ne siégèrent-ils qu'au Prytanée et constituèrent-ils ce tribunal (voir la note précédente).

(2) Nous renverrons, sur ce point, aux travaux spéciaux sur les éphètes et sur l'Aréopage, et en particulier à ceux de Lange et de Philippi, ainsi qu'à l'ouvrage déjà cité de Gilbert.

(3) V. aussi P. Guiraud, *La Main-d'œuvre industrielle dans l'ancienne Grèce*, Paris, 1900, p. 101, n. 6.

(4) Pour le cas d'empoisonnement, voyez ci-dessus.

avoir été attribuée que postérieurement; après avoir été établie pour l'homicide ἀκούσιος, elle aurait été étendue plus tard à l'homicide δίκαιος.

Peu à peu le droit à la vengeance s'affaiblit par la substitution de la peine de l'exil et de l'absolution (1).

Il ne faudrait pas croire que la βουλή aréopagique (bien distincte du tribunal des éphètes) ne connût pas du φόνος ἐκ προνοίας et d'autres crimes graves, et l'on doit admettre que cet antique tribunal, assurément antérieur à Solon, se maintint toujours sans être aboli ou sans voir ses attributions limitées par Dracon (2). En effet, le silence gardé à cet égard par l'ἄξων qui nous reste de la législation draconienne (3), ne saurait être interprété en sens contraire (4). Même l'on peut considérer avec Démosthène la loi relative aux attributions de la βουλή aréopagique (5) comme due à Dracon ou, en tout cas, comme fort ancienne (6).

Les empoisonnements suivis de mort rentreraient, à strictement parler, dans les cas de βούλευσις, en donnant à ce mot le sens large de provocation, mais ordinairement on traitait ces crimes comme les autres cas d'homicide. De même que ceux-ci ils devaient rentrer dans la compétence ou de la βουλή aréopagique ou bien des éphètes. Si dans la loi citée par Démosthène (*loc. cit.*), l'Aréopage a compétence sur les empoisonnements mortels sans qu'il soit fait aucune spécification à cet égard, on peut supposer ou bien que ceci ne se réalisa qu'à une époque

---

(1) Dans le cas de φόνος d'un esclave, auquel paraît se référer le § 9 de la loi, la compétence pourrait appartenir plutôt à la βουλή. Cela contrarierait l'opinion qui lui refuse toute juridiction au moins dans les cas visés par notre loi.

(2) Voy. le récent travail de J. Hofmann, *Studien zur drak. Verfassung*, Straubing, 1899, p. 29, etc.

(3) Ce silence est cause que les auteurs (Plutarque, *Solon*, 19) nient l'existence de la βουλή avant Solon (Voir Busolt, *Griech. Alt.*, 2ᵉ éd., p. 143).

(4) Du fait que, en 409-408, l'on publia seulement l'ἄξων relatif à l'homicide prémédité sur lequel les éphètes avaient juridiction, l'on ne doit pas induire que l'autre ou les autres ἄξονες relatifs à l'homicide intentionnel et à d'autres infractions graves, ne furent pas publiés parce que désormais la juridiction avait passé des éphètes à la βουλή (Dareste, *Recueil*, p. 21). Si cette publication n'eut pas lieu, c'est sans doute parce qu'on jugea inutile de publier des dispositions identiques à celles en usage.

(5) Voir G. de Sanctis, *op. cit.*, p. 183 et suiv.

(6) Quoique le texte en soit moins ancien, comme le montre l'emploi du mot δικάζειν avec le sens plus récent que nous avons signalé plus haut.

récente ou bien que Démosthène s'est exprimé avec peu de précision, en songeant seulement à l'empoisonnement intentionnel, comme, d'ailleurs, la contexture du passage le donne à entendre (1). Dans le cas, au contraire, d'empoisonnement involontaire, la compétence, au moins à une époque ancienne, appartenait *de droit* aux éphètes (2). C'est ce qui se produisit, par exemple, dans l'affaire à laquelle est relatif le plaidoyer d'Antiphon περὶ τοῦ χορευτοῦ, qui fut jugée devant le Palladium.

## IV

Ce qui précède montre que déjà avait pénétré dans le droit la distinction fondamentale entre l'homicide μὴ ἐκ προνοίας et celui ἐκ προνοίας. Mais l'on comprenait et l'on confondait, dans la première de ces deux idées, diverses variétés de l'homicide (homicide involontaire, homicide indirect, etc.) (3); c'était donc surtout une idée encore négative. Assurément, le droit primitif de vengeance familiale persistait encore, mais il était déjà largement tempéré par l'influence bienfaisante de la religion et par l'intervention de l'Etat. Aussi notre loi correspond à un progrès vraiment sensible par rapport à l'âge homérique.

Certes, dès avant la loi de Dracon, l'αἴδεσις existait; mais la clause relative à l'effet rétroactif montre que, au moins dans les derniers temps, ce bénéfice n'avait pas été régulièrement pratiqué. Plus anciennes encore étaient les magistratures mentionnées dans notre loi. Non seulement cela est vrai pour le

(1) Une accusation d'empoisonnement portée devant la βουλή aboutit à un acquittement, parce qu'il fut constaté qu'il n'y avait pas ou intention criminelle (Aristote, *Grande morale*, 1188b). Ceci ne prouve point que toute affaire d'empoisonnement fût de la compétence de la βουλή, car il est plus naturel de penser que le fait avait été qualifié d'empoisonnement volontaire par l'accusation, et qu'il fut reconnu plus tard que cette accusation n'était pas exacte.

(2) Toutefois, il appartenait, comme nous l'avons dit, aux βασιλεῖς de décider pour chaque espèce si la cause devait être renvoyée devant les éphètes ou devant la βουλή.

(3) Dans l'ἄξων draconien, il est fait allusion aussi à l'homicide commis en cas de légitime défense. Il n'y est pas question de l'homicide involontaire impuni, dont parle Démosthène dans le plaidoyer contre Aristocrate, 53. Plus d'une fois les auteurs récents confondent jusqu'à un certain point le φόνος non prémédité puni de l'exil, l'homicide exempt de toute peine, et l'homicide involontaire.

βασιλεύς qui, à raison de ses attributions religieuses, avait compétence sur les δίκαι φονικαί, pour les βασιλεῖς ou φυλοβασιλεῖς et pour la βουλή aréopagique, mais encore le collège des cinquante et un ἐφέται doit avoir été institué antérieurement (1) et à la suite d'un lent développement. L'opinion d'après laquelle il devrait sa création à cette loi (2) manque de base. En tout cas, il est impossible de dégager aucun renseignement du texte de la loi, car il y est fait simplement mention des éphètes et, par suite, les auteurs anciens eux-mêmes n'ont pu rien savoir à ce sujet, faute de tout éclaircissement contenu dans ce document. La rédaction de la loi faite au cinquième siècle se borne à mentionner les éphètes si connus, *sans aucune autre indication*. Rien ne permet donc de conjecturer ce qu'ils pouvaient être deux siècles plus tôt.

Peut-être serait-il admissible d'assigner à leur institution une date peu éloignée de celle de l'origine des thesmothètes, sinon identique, à la condition qu'on pût croire à l'existence d'un rapport commun entre ces deux collèges (3), à savoir : le rapport du nombre des trois classes, et penser que les deux classes des agriculteurs (γεωργοί) et des artisans (δημιουργοί) jouissaient elles aussi d'une ingérence, tout au moins passive, à notre avis, dans les élections aux fonctions d'éphète et de thesmothète (4).

V

Ainsi donc, la législation écrite, attribuée à Dracon, représente dans son ensemble un état du droit, amené par une longue évolution qui s'était déroulée durant une période étendue.

---

(1) Sur les diverses questions relatives à l'origine, à l'étymologie et à la signification du mot *éphète*, voir les textes groupés par Busolt, *Griech. Geschichte*, II², 234, note 1.

(2) C'est-à-dire à Dracon, naturellement suivant la tradition (Poll., VIII, 125; cf. Tim., *Lex Plat.*, 127).

(3) L'on ne saurait accepter pour les éphètes le rapport avec les quatre φυλαί (à savoir 51 = (4 × 4 + 1) × 3), pour la simple raison que le collège des 51 devait se réunir au complet, et non point par séries d'un tiers, dans chacun des lieux fixés selon la nature de l'infraction. Effectivement, dans la loi de Démosthène qui a trait à l'homicide non prémédité, il est fait mention des 51 ἐφέται.

(4) Busolt, *op. et vol. cit.*, 179, note.

Elle maintint les règles du droit coutumier en les éclaircissant, en fixant leur portée et en imposant, en outre, l'obligation générale de les observer. En d'autres termes, elle leur donna le caractère et la valeur de lois.

Voilà en quoi consiste l'innovation capitale, innovation à laquelle s'ajoutent certaines modifications apportées à la procédure. Mais, il faut bien le reconnaître, il règne sur tout cela la plus grande obscurité.

Cette codification (1) a été attribuée par la tradition à l'œuvre d'un seul homme, mais, sans aucun doute, c'est à tort. Dès le septième siècle (2), en effet, l'on constate l'existence du collège des thesmothètes (3), chargés de coucher par écrit, d'appliquer et de développer les principes du droit coutumier (θέσμια) (4). C'est l'activité lente et successive de ces magistrats que l'on a fini par désigner sous le nom légendaire de Dracon (5).

Pour ce qui est de ce législateur, la tradition, jusqu'au cinquième siècle, ignorait presque son existence (6). Tout ce qu'on

---

(1) Comme on le sait, elle a correspondu partout aux nécessités du développement historique du droit et en partie aussi aux tendances et aux aspirations des classes inférieures. Assurément elle fut pour les classes non aristocratiques le début de l'émancipation sociale et politique.

(2) Ce serait, d'après l''Αθ. πολιτ., III, postérieurement à l'introduction de l'archontat annuel, que les chronographes placent en 683-682. Mais il est possible que l'établissement des thesmothètes se soit produit, au contraire, avant cette date (Voy. Meyer, *Forschungen zur alt. Gesch.*, II, p. 532).

(3) La création de cette magistrature marque un progrès accompli par les classes inférieures, du moment que l'on admet l'opinion, que nous avons déjà émise plus haut, que ces classes participaient, au moins d'une manière passive, à la formation de cette juridiction.

(4) Cpr. 'Αθ. πολ., III, 4. Voir notamment E. Herzog, *Zur Verwaltungsgeschichte des attisches Staats, Diss.*, 1897, p. 10 et suiv.

(5) Nous croyons superflu de discuter le point de savoir si réellement le rôle personnel de ce thesmothète, investi de pouvoirs extraordinaires, se borna à recueillir et peut-être à parfaire l'œuvre collective des thesmothètes (Busolt, *Griech. Gesch.*, II², 177; 223, n. 1; 224, n. 1), ou bien si elle alla jusqu'à déterminer pour la première fois certains principes de droit en leur donnant force de loi (Voy. Ziehen, *in Rheinisch. Museum*, LIV, 3, p. 335 et suiv.

(6) La réputation de cruauté que la légende lui a faite a été engendrée, non point par l'expression νόμοι φονικοί qui fut interprétée à la longue d'une manière erronée en donnant à ces mots le sens de *lois sanguinaires* (!), mais simplement par le caractère archaïque de ces lois par comparaison avec les lois plus récentes dont les dispositions étaient plus douces. Peut-être l'établissement de cette légende fut-il dû aussi en partie à l'esprit antioligarchique de la réaction qui se manifesta contre le parti oligarchique de l'an 411.

en savait, c'est qu'il avait vécu avant Solon, dans la seconde moitié du septième siècle (1), mais sans pouvoir préciser davantage à quelle époque, faute de trouver son nom sur la liste des archontes, et la croyance générale était qu'il avait été un législateur (2), le premier auteur d'une législation écrite (3), législation d'un caractère général, mais dont on ne connaissait que la partie relative au droit criminel.

(1) Le renseignement de l''Αθ. πολ., IV, qui remonte à l'Attide, le place sous l'archontat d'un certain Aristaichmos, archontat dont la date est inconnue, bien longtemps avant l'archontat de Solon (Cpr. Wilamowitz, *Arist. und Athen.*, I, 97 et suiv., note 33).

(2) Cpr. Θεσμοθετήσαντος dans Poll., IX, 36, 8, qu'il faut entendre dans un sens général.

(3) Aristote, 'Αθ. πολ., XLI, 2. Cpr. Josèphe, *C. Apion*, I, 5.

TOULOUSE. — IMP. A. CHAUVIN ET FILS, RUE DES SALENQUES, 28.

www.ingramcontent.com/pod-product-compliance
Ingram Content Group UK Ltd.
Pitfield, Milton Keynes, MK11 3LW, UK
UKHW020149080726
13614UKWH00005B/2489